この画本では原作を現代かなづかいに改め、
ルビを付しておりますが、（　）付ルビで表記
しましたのが、校本による本来の表記です。

画本 宮澤賢治

注文の多い料理店

好学社

作 宮澤賢治 画 小林敏也

二人《ふたり》の若《わか》い紳士《しんし》が、すっかりイギリスの兵隊《へいたい》のかたちをして、ぴかぴか《(〱)》する鉄砲《てっぽう》をかついで、白熊《しろくま》のよ《(や)》うな犬《いぬ》を二疋《にひき》つれて、だいぶ山奥《やまおく》の、木《こ》の葉《は》のかさかさ《(〱)》したとこを、こんなことを云《い》い《(ひ)》ながら、あるいてお《(を)》りました。

「ぜんたい、ここ《(ゝ)》らの山《やま》は怪《け》しからんね。鳥《とり》も獣《けもの》も一疋《いっぴき》も居《い》やがらん。なんでも構《かま》わ《(は)》ないから、早《はや》くタンタアーンと、やって見《み》たいもんだなあ。」

「鹿《しか》の黄《き》いろな横《よこ》っ腹《ぱら》なんぞに、二三発《にさんぱつ》お見舞《みまい》も《(ま)》うしたら、ずい《(ゐ)》ぶん痛快《つうかい》だろ《(ら)》うねえ。くるくる《(〱)》まわ《(は)》って、それからどたっと倒《たお》れるだろ《(ら)》うねえ。」

それはだいぶの山奥《やまおく》でした。案内《あんない》してきた専門《せんもん》の鉄砲打《てっぽうう》ちも、ちょっとまごついて、どこかへ行《い》ってしまったくらい《(ゐ)》の山奥《やまおく》でした。

それに、あんまり山《やま》が物凄《ものすご》いので、その白熊《しろくま》のよう《(や)》な犬《いぬ》が、二疋《にひき》いっしょにめまい《(ひ)》を起《おこ》して、しばらく吠《うな》って、それから泡《あわ》を吐《は》いて死《し》んでしまい《(ひ)》ました。

「じつにぼくは、二千四百円《にせんよんひゃくえん》の損害《そんがい》だ」と一人《ひとり》の紳士《しんし》が、その犬《いぬ》の眼《ま》ぶたを、ちょっとかえ《(へ)》してみて言《い》い《(ひ)》ました。

「ぼくは二千八百円《にせんはっぴゃくえん》の損害《そんがい》だ。」と、もひとりが、くやしそ《(さ)》うに、あたまをまげて言《い》い《(ひ)》ました。

はじめの紳士《しんし》は、すこし顔《かお》いろを悪《わる》くして、じっと、もひとりの紳士《しんし》の、顔《かお》つきを見《み》ながら云《い》い《(ひ)》ました。

「ぼくはもう戻《もど》ろう《(ら)》とおもう《(ふ)》。」

「さあ、ぼくもちょ《(や)》うど寒《さむ》くはなったし腹《はら》は空《す》いてきたし戻《もど》ろう《(ら)》とおもう《(ふ)》。」

「そいじ《(ち)》ゃ、これで切《き》りあげよう。なあに戻《もど》りに、昨日《きのう》の宿屋《やどや》で、山鳥《やまどり》を拾円《じゅうえん》も買《か》って帰《かえ》ればいい《(ゝ)》。」

「兎《うさぎ》もでてい《(ゐ)》たねえ。そ《(さ)》うすれば結局《けっきょく》おんなじこった。では帰《かえ》ろ《(ら)》うじ《(ぢ)》ゃないか」

ところがどうも困《こま》ったことは、どっちへ行《い》けば戻《もど》れるのか、いっこ《(か)》う見当《けんとう》がつかなくなってい《(ゐ)》ました。

風《かぜ》がどうと吹《ふ》いてきて、草《くさ》はざわざわ、木《こ》の葉《は》はかさかさ、木《き》はごとんごとんと鳴《な》りました。

「どうも腹《はら》が空《す》いた。さっきから横《よこ》っ腹《ぱら》が痛《いた》くてたまらないんだ。」

「ぼくもそ《(さ)》うだ。もうあんまりあるきたくないな。」

「あるきたくないよ。ああ《(ゝ)》困《こま》ったなあ、何《なに》かたべたいなあ。」

「喰《た》べたいもんだなあ」

二人《ふたり》の紳士《しんし》は、ざわざわ鳴《な》るすす《(ゝ)》きの中《なか》で、こんなことを云《い》い《(ひ)》ました。

RESTAURANT
西洋料理店
WILDCAT HOUSE
山猫軒

その時《とき》ふとうしろを見《み》ますと、立派《りっぱ》な一軒《いっけん》の西洋造《せいようづく》りの家《いえ》がありました。

そして玄関《げんかん》には

RESTAURANT
西洋料理店
WILDCAT HOUSE
山猫軒

という《(ふ)》札《ふだ》がでてい《(ゐ)》ました。

「君《きみ》、ちょ《(や)》うどいい《(ゝ)》。ここ《(ゝ)》はこれでなかなか開《ひら》けてるんだ。入《はい》ろ《(ら)》うじ《(ぢ)》ゃないか」

「おや、こんなとこにお《(を)》かしいね。しかしとにかく何《なに》か食事《しょくじ》ができるんだろ《(ら)》う」

「もちろんできるさ。看板《かんばん》にそ《(さ)》う書《か》いてあるじ《(ぢ)》ゃないか」

「はいろ《(ら)》うじ《(ぢ)》ゃないか。ぼくはもう何《なに》か喰《た》べたくて倒《たお》れそ《(さ)》うなんだ。」

二人《ふたり》は玄関《げんかん》に立《た》ちました。玄関《げんかん》は白《しろ》い瀬戸《せと》の煉瓦《れんが》で組《く》んで、実《じつ》に立派《りっぱ》なもんです。

そして硝子《がらす》の開《ひら》き戸《ど》がたって、そこに金文字《きんもじ》でこ《(か)》う書《か》いてありました。

「どなたもどうかお入《はい》りください。決《けっ》してご遠慮《えんりょ》はありません」

二人《ふたり》はそこで、ひどくよろこんで言《い》い《(ひ)》ました。

「こいつはどうだ、やっぱり世《よ》の中《なか》はうまくできてるねえ、きょう《(けふ)》一日《いちにち》なんぎしたけれど、こんどはこんないい《(こ)》こともある。このうちは料理店《りょうりてん》だけれどもただ《(こ)》でご馳走《ちそう》するんだぜ。」

「どうもそ《(さ)》うらしい。決《けっ》してご遠慮《えんりょ》はありませんというう《(ふ)》のはその意《い》味《み》だ。」

二人《ふたり》は戸《と》を押《お》して、なかへ入《はい》りました。そこはすぐ廊下《ろうか》になっていい《（ゐ）》ました。その硝子戸《がらすど》の裏側《うらがわ》には、金文字《きんもじ》でこう《（か）》なってい《（ゐ）》ました。

「ことに肥《ふと》ったお方《かた》や若《わか》いお方《かた》は、大歓迎《だいかんげい》いたします」

二人《ふたり》は大歓迎《だいかんげい》という《（ふ）》ので、もう大《おお》よろこびです。

「君《きみ》、ぼくらは大歓迎《だいかんげい》にあたってい《（ゐ）》るのだ。」

「ぼくらは両方《りょうほう》兼《か》ねてるから」

ことに肥ったお方
や若いお方は、
大歓迎いた
します」

ずんずん廊下《ろうか》を進《すす》んで行《い》きますと、こんどは水《みず》いろのペンキ塗《ぬ》りの扉《と》がありました。

「どうも変《へん》な家《うち》だ。どうしてこんなにたくさん戸《と》があるのだろ《(ら)》う。」

「これはロシア式《しき》だ。寒《さむ》いとこや山《やま》の中《なか》はみんなこ《(か)》うさ。」

そして二人《ふたり》はその扉《と》をあけようとしますと、上《うえ》に黄《き》いろな字《じ》でこ《(か)》う書《か》いてありました。

「当軒《とうけん》は注文《ちゅうもん》の多《おお》い料理店《りょうりてん》ですからどうかそこはご承知《しょうち》ください」

「なかなかはやってるんだ。こんな山《やま》の中《なか》で。」

「それあそ《(さ)》うだ。見《み》たまえ《(へ)》、東京《とうきょう》の大《おお》きな料理屋《りょうりや》だって大通《おおどお》りにはすくないだろ《(ら)》う」

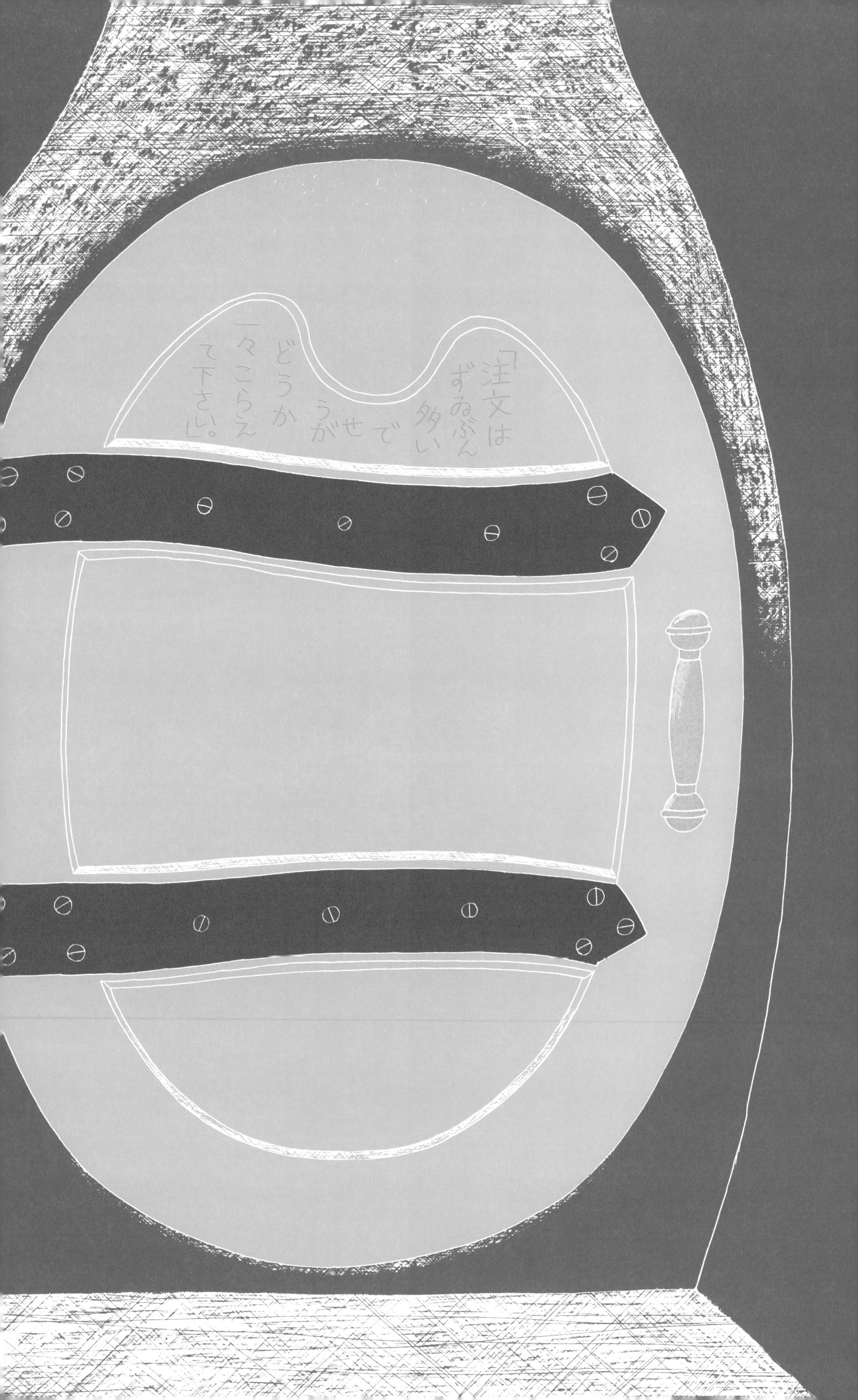
「注文はずゐぶん多いでせうがどうか一々こらえて下さい。」

二人《ふたり》は云《い》い(ひ)ながら、その扉《と》をあけました。するとその裏側《うらがわ》に、

「注文《ちゅうもん》はずい(ゐ)ぶん多《おお》いでしょう(せう)がどうか一々《いちいち》こらえて下《くだ》さい。」

「これはぜんたいどういう(ふ)んだ。」ひとりの紳士《しんし》は顔《かお》をしかめました。

「うん、これはきっと注文《ちゅうもん》があまり多《おお》くて支度《したく》が手間取《てまど》るけれども
ごめん下《くだ》さいと斯《こ》ういう(ふ)ことだ。」

「そ(さ)うだろ(ら)う。早《はや》くどこか室《へや》の中《なか》にはい(ひ)りたいもんだな。」

「そしてテーブルに座《すわ》りたいもんだな。」

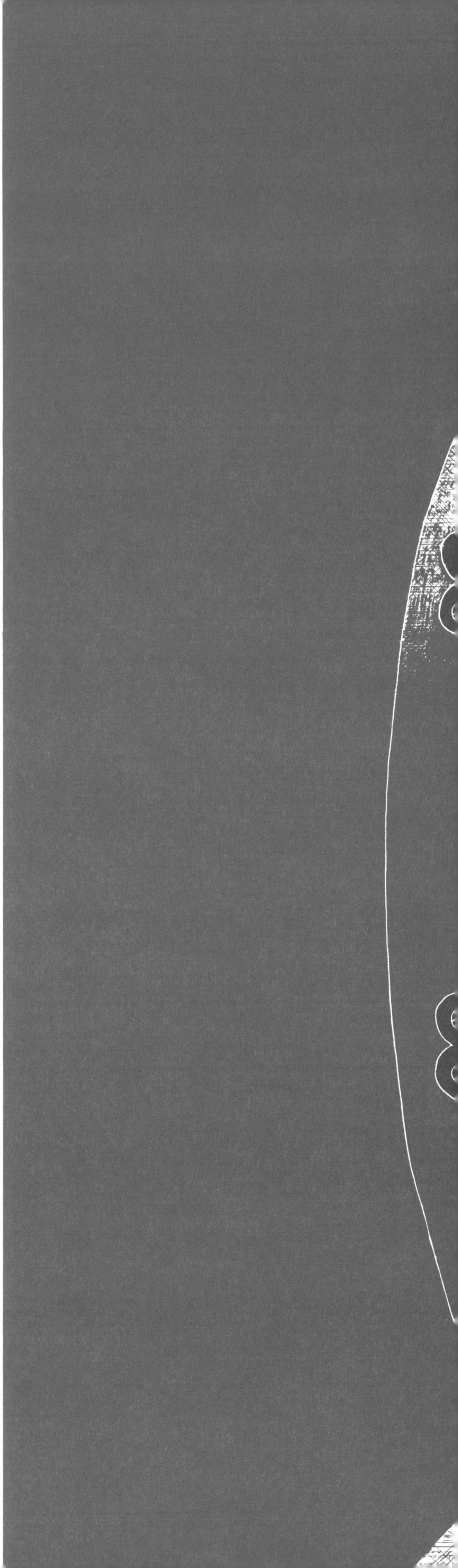

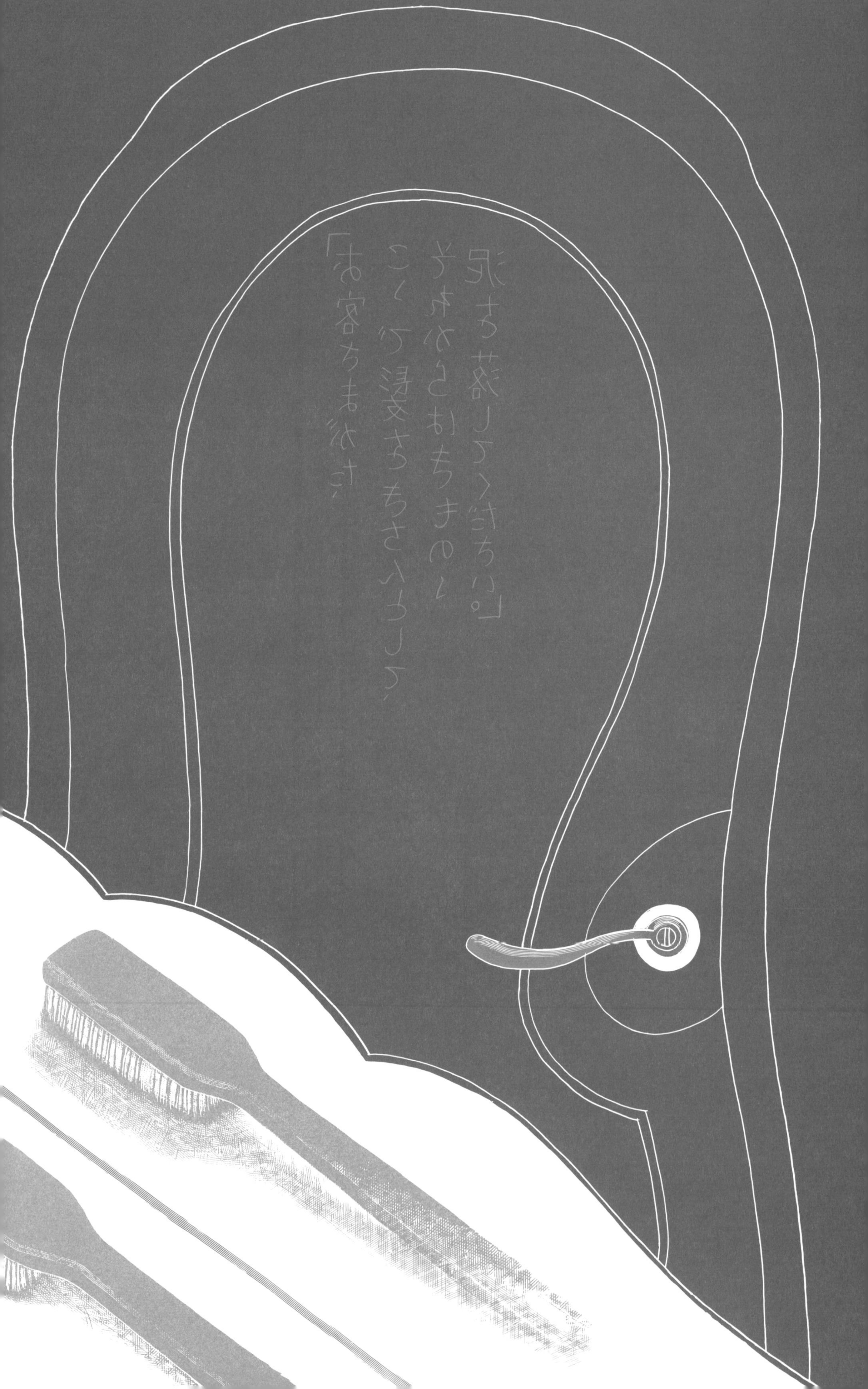
泥を落してへ待ちな。」
それからおちまのと
こしの婆さまさへろして、
「お客さま泣かす、

ところがどうもうるさいことは、また扉《と》が一《ひと》つありました。そしてそのわきに鏡《かがみ》がかかって、その下《した》には長《なが》い柄《え》のついたブラシが置《お》いてあったのです。

扉《と》には赤《あか》い字《じ》で、

「お客《きゃく》さまがた、ここで髪《かみ》をきちんとして、それからはきものの泥《どろ》を落《おと》してください。」

と書《か》いてありました。

「これはどうも尤《もっと》もだ。僕《ぼく》もさっき玄関《げんかん》で、山《やま》のなかだとおもって見《み》くびったんだよ」

「作法《さほう》の厳《きび》しい家《うち》だ。きっとよほど偉《えら》い人《ひと》たちが、たびたび来《く》るんだ。」

そこで二人《ふたり》は、きれいに髪《かみ》をけづって、靴《くつ》の泥《どろ》を落《おと》しました。

そしたら、どうです。ブラシを板《いた》の上《うえ》に置《お》くや否《いな》や、そいつがぼうっとかすんで無《な》くなって、風《かぜ》がどうっと室《へや》の中《なか》に入《はい》ってきました。

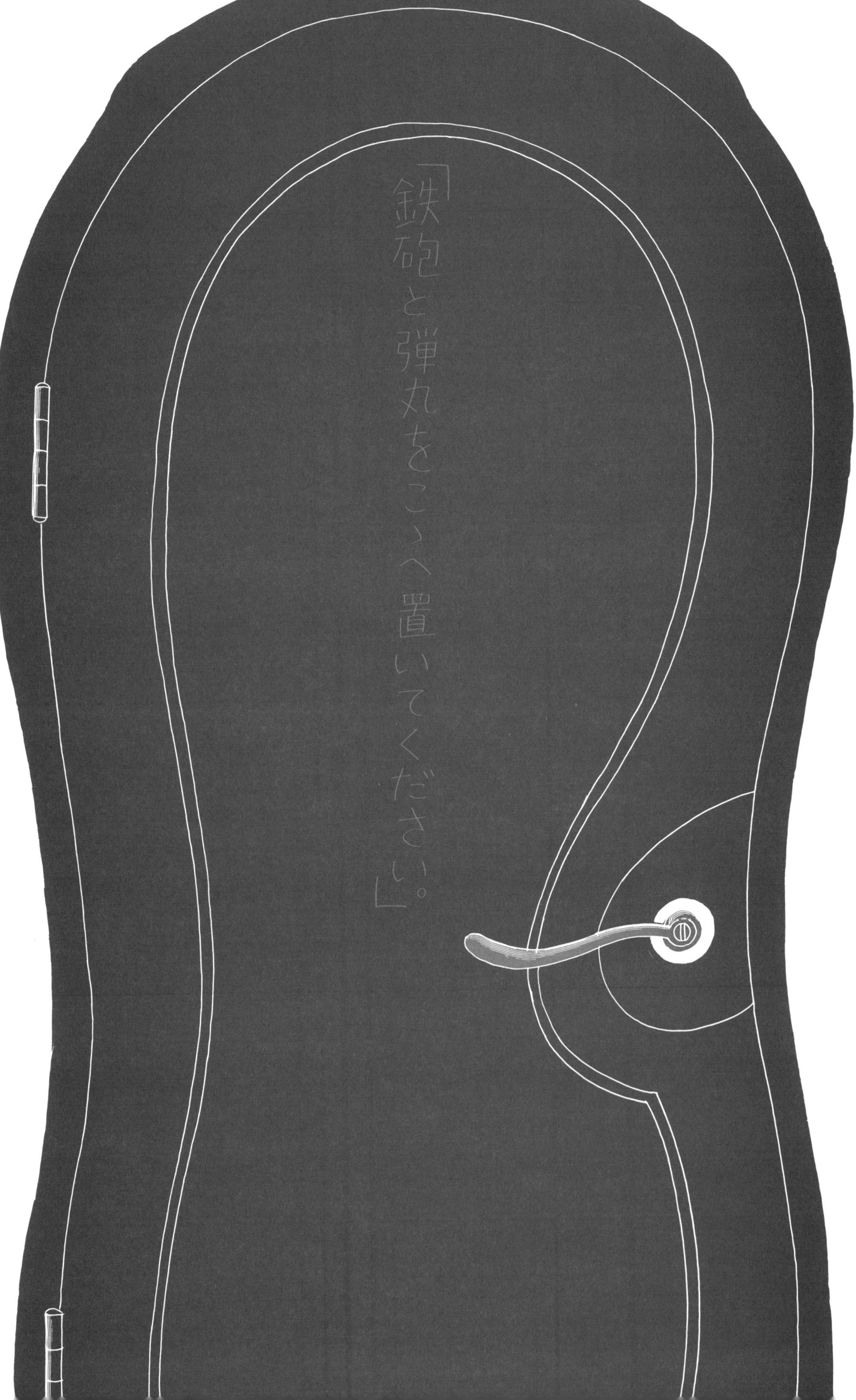
「鉄砲と弾丸をこゝへ置いてください。」

二人《ふたり》はびっくりして、互《たがい》によりそって、扉《と》をがたんと開《あ》けて、次《つぎ》の室《へや》へ入《はい》って行《い》きました。早《はや》く何《なに》か暖《あたたか》いものでもたべて、元気《げんき》をつけて置《お》かないと、もう途方《とほう》もないことになってしまう《（ふ）》と、二人《ふたり》とも思《おも》ったのでした。

扉《と》の内側《うちがわ》に、また変《へん》なことが書《か》いてありました。

「鉄砲《てっぽう》と弾丸《たま》をここ《（ゝ）》へ置《お》いてください。」

見《み》るとすぐ横《よこ》に黒《くろ》い台《だい》がありました。

「なるほど、鉄砲《てっぽう》を持《も》ってものを食《く》う《（ふ）》という《（ふ）》法《ほう》はない。」

「いや、よほど偉《えら》いひとが始終《しじゅう》来《き》てい《（ゐ）》るんだ。」

二人《ふたり》は鉄砲《てっぽう》をはず《（づ）》し、帯皮《おびがわ》を解《と》いて、それを台《だい》の上《うえ》に置《お》きました。

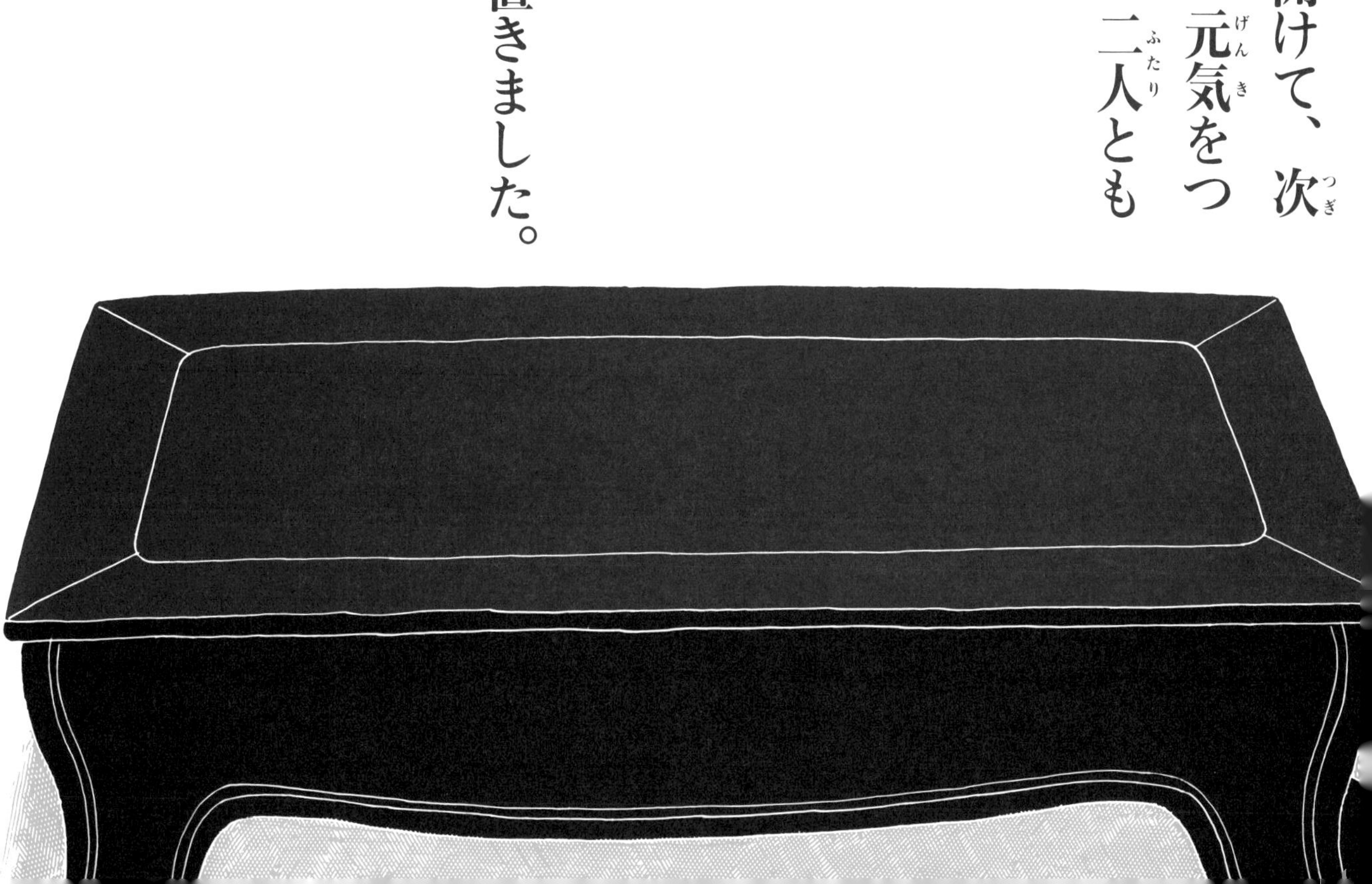

また黒《くろ》い扉《と》がありました。

「どうか帽子《ぼうし》と外套《がいとう》と靴《くつ》をおとり下《くだ》さい。」

「どうだ、とるか。」

「仕方《しかた》ない、とろう《(ら)》。たしかによっぽどえらいひとなんだ。奥《おく》に来《き》ている《(ゐ)》のは」

二人《ふたり》は帽子《ぼうし》とオーバコートを釘《くぎ》にかけ、靴《くつ》をぬいでぺたぺたあるいて扉《と》の中《なか》にはいり《(ひ)》ました。

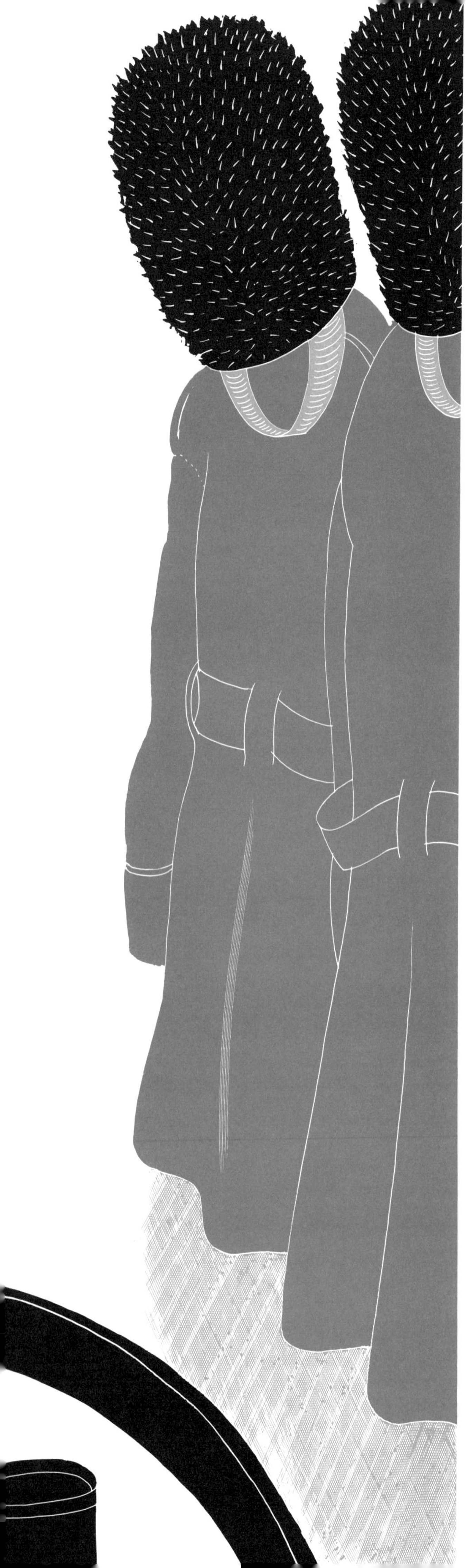

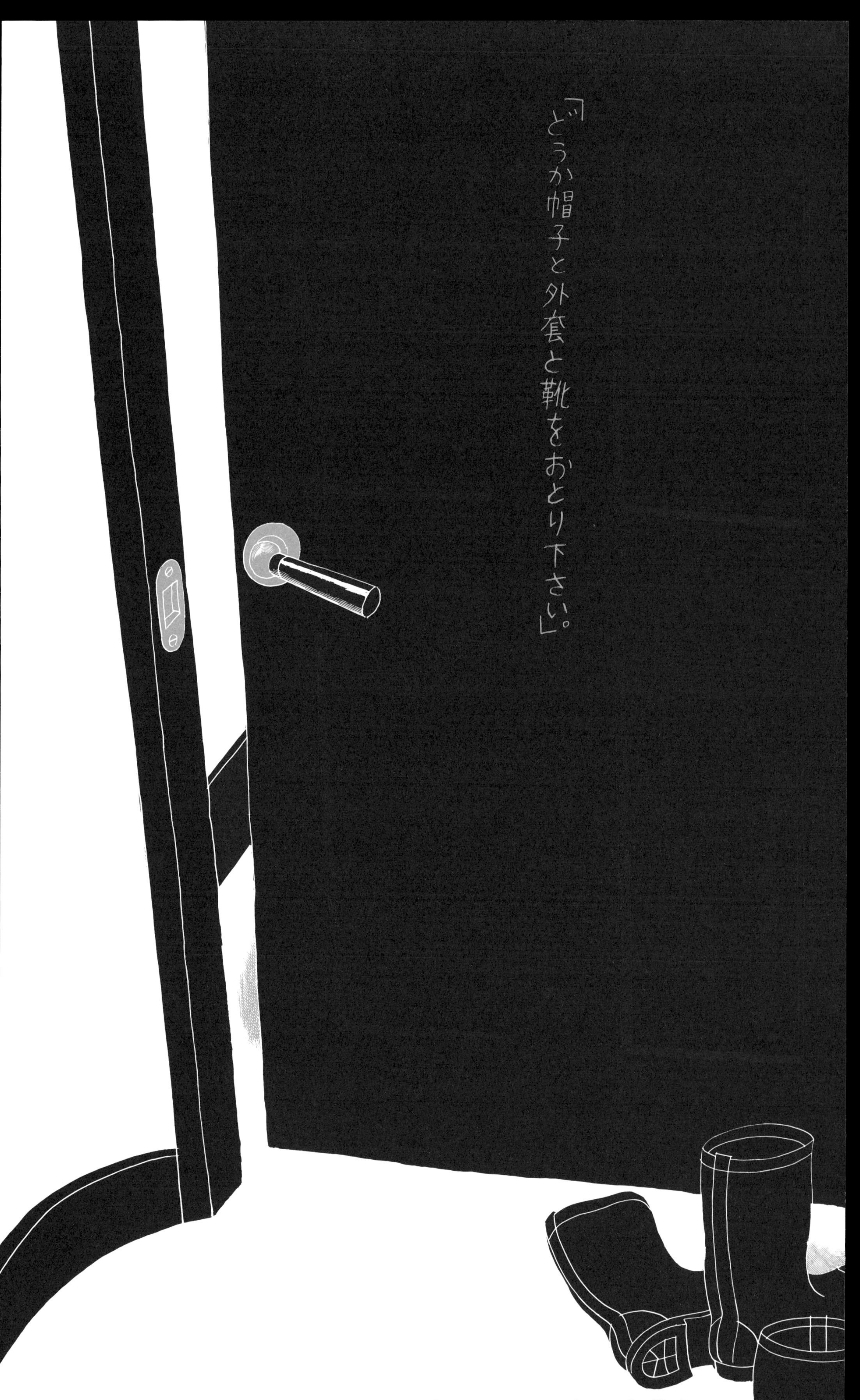
「どうか帽子と外套と靴をおとり下さい。」

扉《と》の裏側《うらがわ》には、

「ネクタイピン、カフスボタン、眼鏡《めがね》、財布《さいふ》、その他金物類《たかなものるい》、ことに尖《とが》ったものは、みんなここ《（ゝ）》に置《お》いてください」

と書《か》いてありました。扉《と》のすぐ横《よこ》には黒塗《くろぬ》りの立派《りっぱ》な金庫《きんこ》も、ちゃんと口《くち》を開《あ》けて置《お》いてありました。鍵《かぎ》まで添《そ》え《（へ）》てあったのです。

「はは《（ゝ）》あ、何《なに》かの料理《りょうり》に電気《でんき》をつかう《（ふ）》と見《み》えるね。金気《かなけ》のものはあぶない。ことに尖《とが》ったものはあぶないと斯《こ》う云《い》う《（ふ）》んだろ《（ら）》う。」

「そ《（さ）》うだろ《（ら）》う。して見《み》ると勘定《かんじょう》は帰《かえ》りにここ《（ゝ）》で払《はら》う《（ふ）》のだろ《（ら）》うか。」

「どうもそ《（さ）》うらしい。」

「そ《（さ）》うだ。きっと。」

二人《ふたり》はめがねをはず《（づ）》したり、カフスボタンをとったり、みんな金《きん》庫《こ》の中《なか》に入《い》れて、ぱちんと錠《じょう》をかけました。

すこし行《い》きますとまた扉《と》があって、その前《まえ》に硝子《がらす》の壺《つぼ》が一《ひと》つありました。扉《と》には斯《こ》う書《か》いてありました。

「壺《つぼ》のなかのクリームを顔《かお》や手足《てあし》にすっかり塗《ぬ》ってください。」

みるとたしかに壺《つぼ》のなかのものは牛乳《ぎゅうにゅう》のクリームでした。

「クリームをぬれというう《(ふ)》のはどういう《(ふ)》んだ。」

「これはね、外《そと》がひじょ《(や)》うに寒《さむ》いだろ《(ら)》う。室《へや》のなかがあんまり暖《あたたか》いとひびがきれるから、その予防《よぼう》なんだ。どうも奥《おく》には、よほどえらいひとがきてい《(ゐ)》る。こんなとこで、案外《あんがい》ぼくらは、貴族《きぞく》とちかづきになるかも知《し》れないよ。」

二人《ふたり》は壺《つぼ》のクリームを、顔《かお》に塗《ぬ》って手《て》に塗《ぬ》ってそれから靴下《くつした》をぬいで足《あし》に塗《ぬ》りました。それでもまだ残《のこ》ってい《(ゐ)》ましたから、それは二人《ふたり》ともめいめいこっそり顔《かお》へ塗《ぬ》るふりをしながら喰《た》べました。

「壺のなかのクリームを顔や手足に
すっかり塗ってください。」

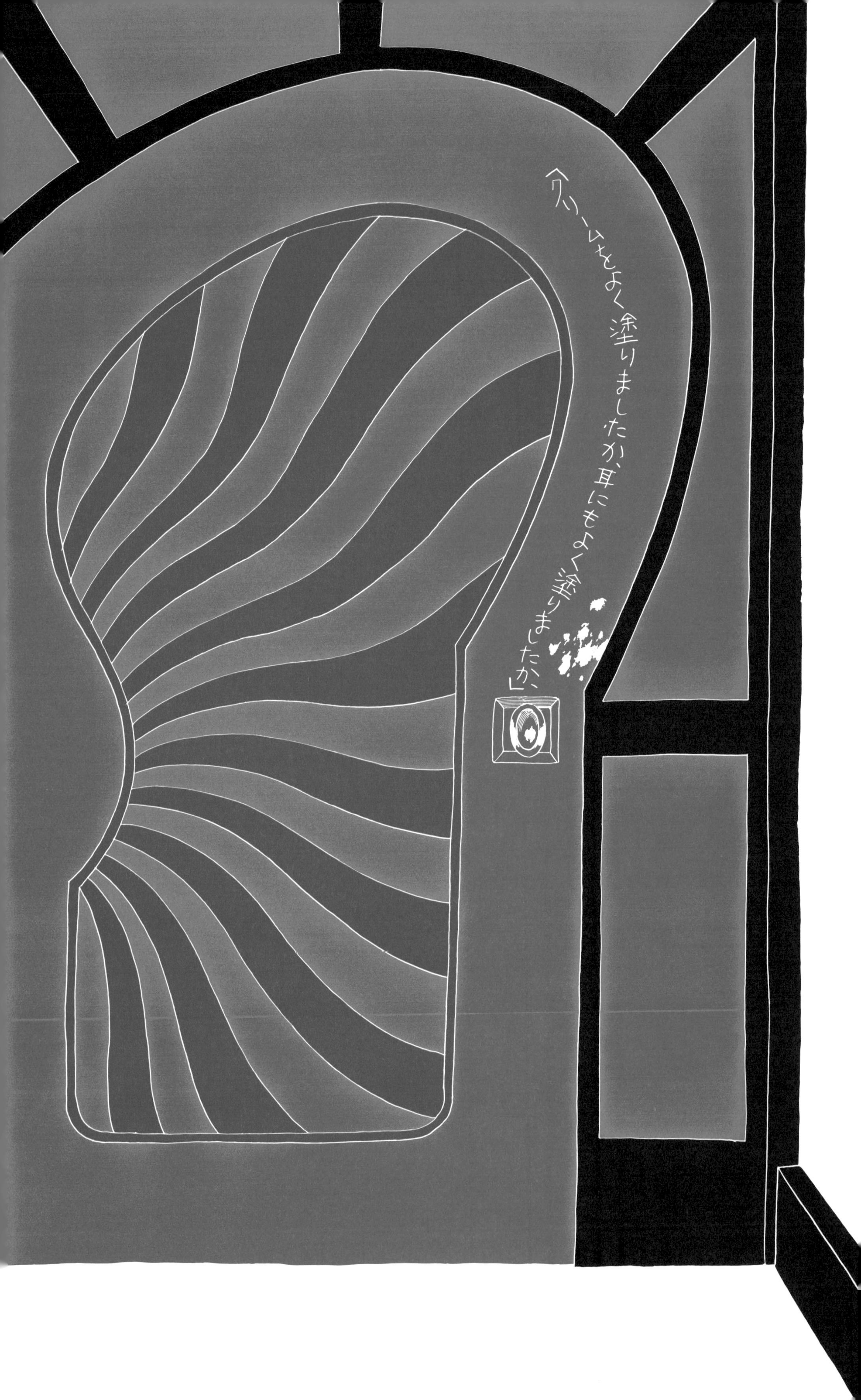
「クリームをよく塗りましたか、耳にもよく塗りましたか、」

それから大急《おおいそ》ぎで扉《と》をあけますと、その裏側《うらがわ》には、

「クリームをよく塗《ぬ》りましたか、耳《みみ》にもよく塗《ぬ》りましたか、」

と書《か》いてあって、ちい《(ひ)》さなクリームの壺《つぼ》がここ《(ゝ)》にも置《お》いてありました。

「そ《(さ)》うそ《(さ)》う、ぼくは耳《みみ》には塗《ぬ》らなかった。あぶなく耳《みみ》にひび《(ゞ)》を切《き》らすとこだった。ここ《(ゝ)》の主人《しゅじん》はじつに用意周到《よういしゅうとう》だね。」

「ああ《(ゝ)》、細《こま》かいとこまでよく気《き》がつくよ。ところでぼくは早《はや》く何《なに》か喰《た》べたいんだが、どうも斯《こ》うどこまでも廊下《ろうか》じ《(ぢ)》ゃ仕方《しかた》ないね。」

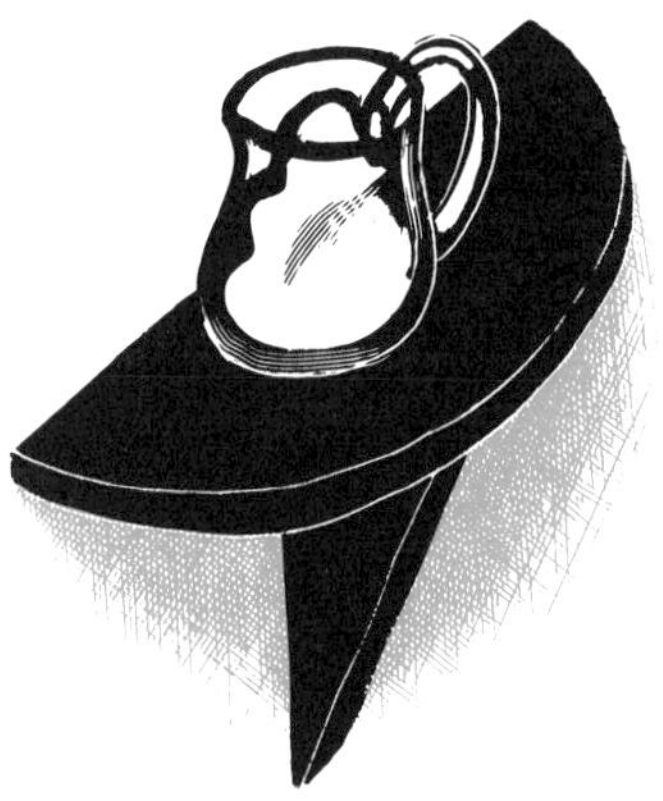

するとすぐその前《まえ》に次《つぎ》の戸《と》がありました。

「料理《りょうり》はもうすぐできます。

十五分《じゅうごふん》とお待《ま》たせはいたしません。

すぐたべられます。

早《はや》くあなたの頭《あたま》に瓶《びん》の中《なか》の香水《こうすい》をよく振《ふ》りかけてください。」

そして戸《と》の前《まえ》には金《きん》ピカの香水《こうすい》の瓶《びん》が置《お》いてありました。そして二人《ふたり》はその香水《こうすい》を、頭《あたま》へぱちゃぱちゃ振《ふ》りかけました。

ところがその香水《こうすい》は、どうも酢《す》のよ《（や）》うな匂《におい》がするのでした。

「この香水《こうすい》はへんに酢《す》くさい。どうしたんだろ《（ら）》う。」

「まちがえ《（へ）》たんだ。下女《げじょ》が風邪《かぜ》でも引《ひ》いてまちがえ《（へ）》て入《い》れたんだ。」

二人《ふたり》は扉《と》をあけて中《なか》にはい《（ひ）》りました。

「料理はもうすぐできます。
十五分とお待たせはいたしません。
すぐたべられます。
早くあなたの頭に瓶の中の香水
をよく振りかけてください。」

扉《と》の裏側《うらがわ》には、大《おお》きな字《じ》で斯《こ》う書《か》いてありました。

「いろいろ注文《ちゅうもん》が多《おお》くてうるさかったでしょう《（せう）》。お気《き》の毒《どく》でした。もうこれだけです。どうかからだ中《じゅう》に、壺《つぼ》の中《なか》の塩《しお》をたくさんよくもみ込《こ》んでください。」

なるほど立派《りっぱ》な青《あお》い瀬戸《せと》の塩壺《しおつぼ》は置《お》いてありましたが、こんどというこんどは二人《ふたり》ともぎょっとしてお互《たがい》にクリームをたくさん塗《ぬ》った顔《かお》を見合《みあわ》せました。

「どうもお《(を)》かしいぜ。」

「ぼくもお《(を)》かしいとおもう《(ふ)》。」

「沢山《たくさん》の注文《ちゅうもん》というのは、向《むこ》う《(ふ)》がこっちへ注文《ちゅうもん》してるんだよ。」

「だからさ、西洋料理店《せいようりょうりてん》というのは、ぼくの考《かんが》え《(へ)》るところでは、西《せい》洋料理《ようりょうり》を、来《き》た人《ひと》にたべさせるのではなくて、来《き》た人《ひと》を西洋料理《せいようりょうり》にして、食《た》べてやる家《うち》とかいう《(ふ)》ことなんだ。これは、その、つ、つ、つ、つまり、ぼ、ぼ、ぼくらが……。」がたがたがたがた、ふるえ《(へ)》だしてもうものが言《い》え《(へ)》ませんでした。

「その、ぼ、ぼくらが、……うわあ。」がたがたがたがたふるえ《(へ)》だして、もうものが言《い》え《(へ)》ませんでした。

「遁《に》げ……。」がたがたしながら一人《ひとり》の紳士《しんし》はうしろの戸《と》を押《お》そ《(さ)》うとしましたが、どうです、戸《と》はもう一分《いちぶ》も動《うご》きませんでした。

奥《おく》の方《ほう》にはまだ一枚扉《いちまいと》があって、大《おお》きなかぎ穴《あな》が二《ふた》つつき、銀《ぎん》いろのホークとナイフの形《かたち》が切《き》りだしてあって、

「いや、わざわざご苦労《くろう》です。

大《たい》へん結構《けっこう》にできました。

さあさあおなかにおはい《(ひ)》りください。」

と書《か》いてありました。おまけにかぎ穴《あな》からはきょろきょろ二《ふた》つの青《あお》い眼玉《めだま》がこっちをのぞいてい《(ゐ)》ます。

「うわあ。」がたがたがたがた。

「うわあ。」がたがたがたがた。

ふたりは泣《な》き出《だ》しました。

すると戸《と》の中《なか》では、こそこそこんなことを云《い》ってい《(ゐ)》ます。

「いや、わざわざご苦労です。
大へん結構にできました。
さあさあおなかに
おはいりください。」

「だめだよ。もう気《き》がついたよ。塩《しお》をもみこまないよう《(や)》だよ。」

「あたりまえ《(へ)》さ。親分《おやぶん》の書《か》きよう《(や)》がまず《(づ)》いんだ。あすこへ、いろいろ注文《ちゅうもん》が多《おお》くてうるさかったでしょう《(せう)》、お気《き》の毒《どく》でしたなんて、間《ま》抜《ぬ》けたことを書《か》いたもんだ。」

「どっちでもいい《(こ)》よ。どうせぼくらには、骨《ほね》も分《わ》けて呉《く》れやしないんだ。」

「それはそう《(さ)》だ。けれどももしここ《(こ)》へあいつらがはい《(ひ)》って来《こ》なかったら、それはぼくらの責任《せきにん》だぜ。」

「呼《よ》ぼう《(ば)》か、呼《よ》ぼう《(ば)》。おい、お客《きゃく》さん方《がた》、早《はや》くいらっしゃい。いら

っしゃい。いらっしゃい。お皿《さら》も洗《あら》ってありますし、菜《な》っ葉《ば》ももうよく塩《しお》でもんで置《お》きました。あとはあなたがたと、菜《な》っ葉《ば》をうまくとりあわ《(は)》せて、まっ白《しろ》なお皿《さら》にのせる丈《だ》けです。はやくいらっしゃい。」

「へい、いらっしゃい、いらっしゃい。それともサラダ《(ド)》はお嫌《きら》い《(ひ)》ですか。そんならこれから火《ひ》を起《おこ》してフライにしてあげましょう《(せう)》か。とにかくはやくいらっしゃい。」

二人《ふたり》はあんまり心《こころ》を痛《いた》めたために、顔《かお》がまるでくしゃくしゃの紙《かみ》屑《くず》のようになり、お互《たがい》にその顔《かお》を見合《みあわ》せ、ぶるぶるふる《(へ)》え、声《こえ》もなく泣《な》きました。

中《なか》ではふっふっとわらってまた叫《さけ》んでい《(ゐ)》ます。

「いらっしゃい、いらっしゃい。そんなに泣《な》いては折角《せっかく》のクリームが流《なが》れるじ《(ぢ)》ゃありませんか。へい、ただい《(ゞ)》ま。じ《(ぢ)》きもってまい《(ゐ)》ります。さあ、早《はや》くいらっしゃい。」

「早《はや》くいらっしゃい。親方《おやかた》がもうナプ《(フ)》キンをかけて、ナイフをもって、舌《した》なめずりして、お客《きゃく》さま方《がた》を待《ま》ってい《(ゐ)》られます。」

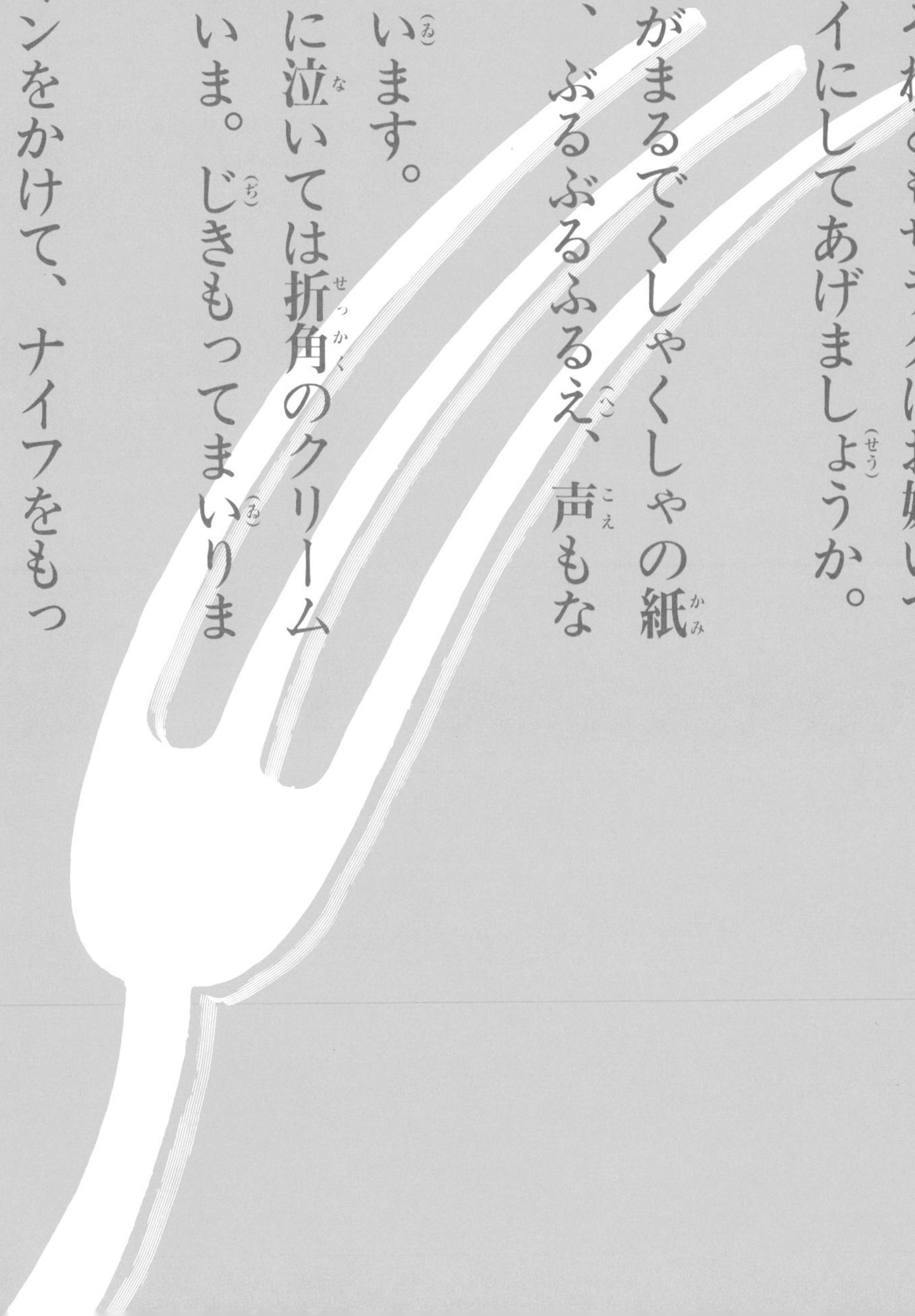

お気の
もう
どう

二人《ふたり》は泣《な》いて泣《な》いて泣《な》いて泣《な》いて泣《な》きました。

そのときうしろからいきなり、

「わん、わん、ぐわあ。」という《(ふ)》声《こえ》がして、あの白熊《しろくま》のよ《(や)》うな犬《いぬ》が二《に》疋《ひき》、扉《と》をつきやぶって室《へや》の中《なか》に飛《と》び込《こ》んできました。鍵穴《かぎあな》の眼玉《めだま》はたちまちなくなり、犬《いぬ》どもはううとうなってしばらく室《へや》の中《なか》をくるくる廻《まわ》ってい《(ゐ)》ましたが、また一声《ひとこえ》

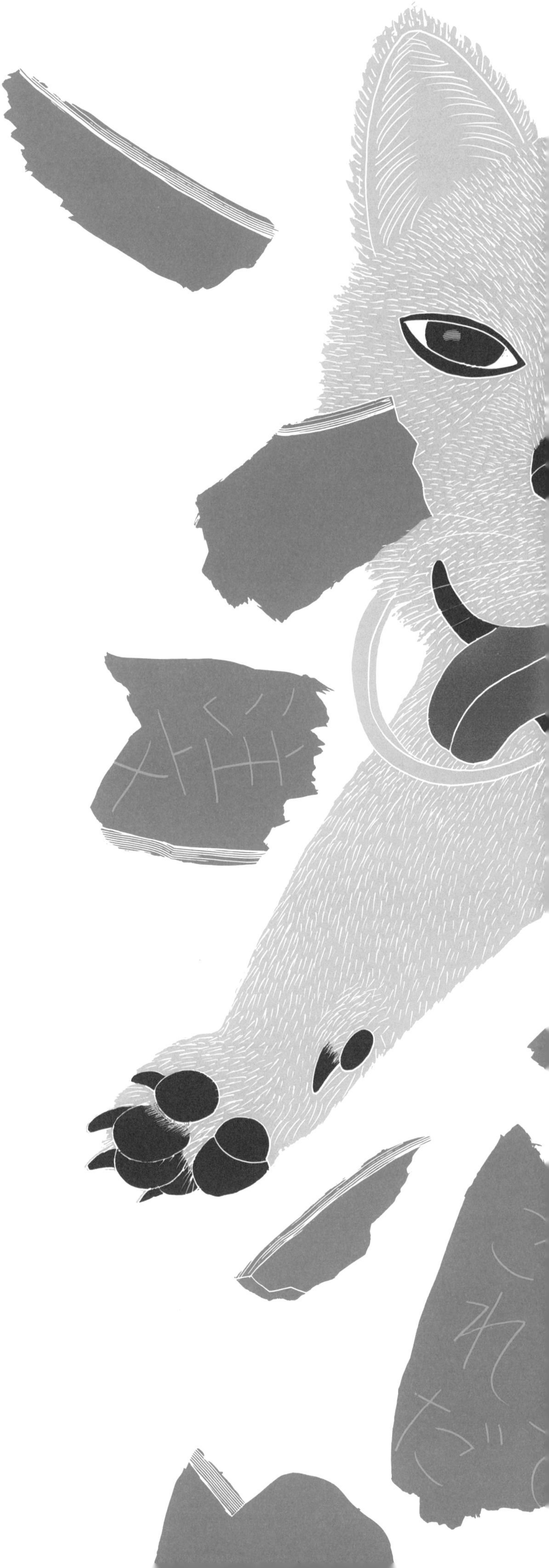

「わん。」と高《たか》く吠《ほ》えて、いきなり次《つぎ》の扉《と》に飛《と》びつきました。戸《と》はがたりとひらき、犬《いぬ》どもは吸《す》い《(ひ)》込《こ》まれるよ《(や)》うに飛《と》んで行《い》きました。

その扉《と》の向《むこ》う《(ふ)》のまっくらやみのなかで、

「にゃあお、くわあ、ごろごろ。」という《(ふ)》声《こえ》がして、それからがさがさ鳴《な》りました。

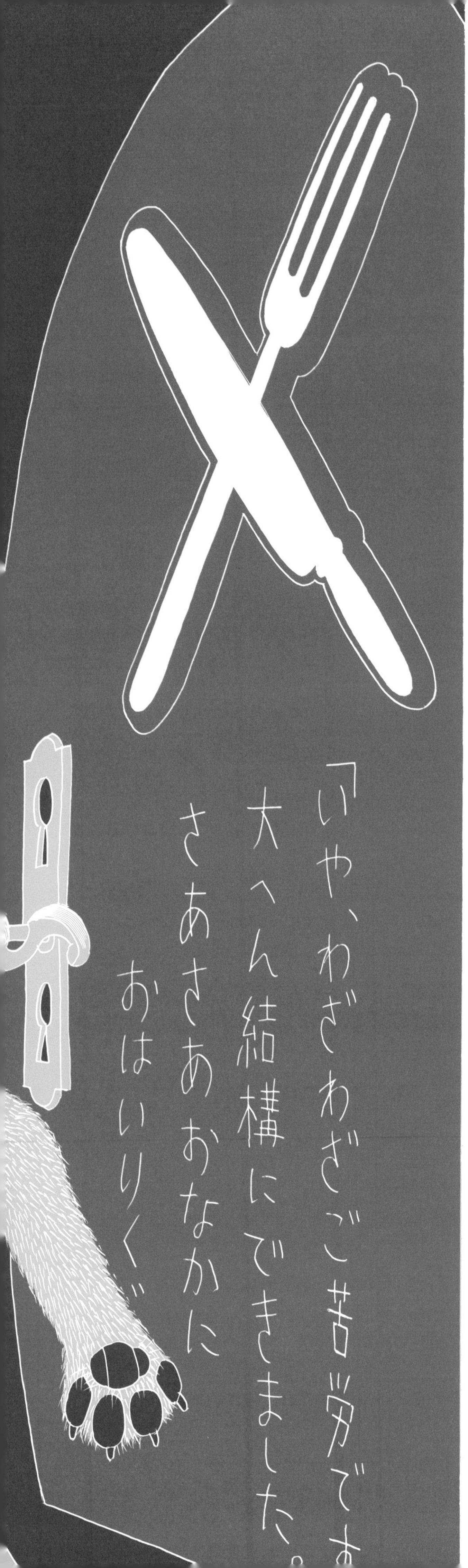

室《へや》はけむりのよ《(や)》うに消《き》え、二人《ふたり》は寒《さむ》さにぶるぶるふるえ《(へ)》て、草《くさ》の中《なか》に立《た》ってい《(ゐ)》ました。

見《み》ると、上着《うわぎ》や靴《くつ》や財布《さいふ》やネクタイピンは、あっちの枝《えだ》にぶらさがったり、こっちの根《ね》もとにちらばったりしてい《(ゐ)》ます。風《かぜ》がどうと吹《ふ》いてきて、草《くさ》はざわざわ、木《こ》の葉《は》はかさかさ、木《き》はごとんごとんと鳴《な》りました。

犬《いぬ》がふうとうなって戻《もど》ってきました。
そしてうしろからは、
「旦那《だんな》あ、旦那《だんな》あ、」と叫《さけ》ぶものがあります。
二人《ふたり》は俄《にわ》かに元気《げんき》がついて
「おおい、おおい、ここだぞ、早《はや》く来《こ》い。」と叫《さけ》びました。
蓑帽子《みのぼうし》をかぶった専門《せんもん》の猟師《りょうし》が、草《くさ》をざわざわ分《わ》けてやってきました。
そこで二人《ふたり》はやっと安心《あんしん》しました。
そして猟師《りょうし》のもってきた団子《だんご》をたべ、途中《とちゅう》で十円《じゅうえん》だけ山鳥《やまどり》を買《か》って東京《とうきょう》に帰《かえ》りました。

しかし、さっき一《いっ》ぺん紙《かみ》くず《（づ）》のよう《（や）》になった二人《ふたり》の顔《かお》だけは、東《とう》京《きょう》に帰《かえ》っても、お湯《ゆ》にはい《（ひ）》っても、もうもとのとお《（ほ）》りになお《（ほ）》りませんでした。

耳を残して、顔の部分を丸く切り取る。
耳を残して、顔の部分を丸く切り取る。

『読者の方々へ』

たいへんごめんどうですが、
この本は注文の多い画本ですので、一々こらえてください。

まず、このページのうらの顔の部分を二ヶ所、指示にしたがって、丸く切り抜いてください。

次に次のページにあるめがねの絵の紙をキリトリ線で、二枚に切りはなし、それぞれくしゃくしゃにし、いったん紙をひろげ、めがねが正面にくるように丸めなおし、切り抜いた顔の部分にそれぞれはめこんでたのしんでください。しわが鼻や口に見えてきませんか？

お片づけのときは、またその紙をひろげページの間にはさんで、しまってください。

なんども楽しんで、いいかげんあきてきましたら、紙のしわを少し残しぎみにして平らにのばし、まわりの不要部分を切り取り顔の部分にめがねを合わせて、のり、セロテープ等でお止めください。いろいろ注文が多くてうるさかったでしょう？　でも、もうこれでおしまいです。大変結構にできました。

この部分、おもてより切り取る。

この部分、おもてより切り取る。

山猫あとりゑ店主敬白

キリ取り線

キリ取り線

画本 宮澤賢治　注文の多い料理店

二〇一三年五月二十三日　第一刷　発行
二〇一九年一月　十一日　第三刷　発行

作　宮澤賢治
画　小林敏也
発行者　有松敏樹
発行所　株式会社 好学社
東京都港区芝三－三－十五　電話 〇三－五四四四－六九一一
印刷・製本　アート印刷株式会社

小林敏也（こばやし としや）
一九四七年　静岡県焼津市に生まれる。
一九七〇年　東京芸術大学工芸科卒業。
デザイナーかつイラストレーター。
イラストレーションの周辺をも視野に入れた
トータルな絵本づくりをめざし
青梅に山猫あとりゑを営む。
二〇〇三年　画本宮澤賢治シリーズにより
第十三回宮澤賢治賞。